本書榮獲第六屆周夢蝶詩獎首獎
范家駿

毛片

范家駿

改變之書
——閱讀范家駿《毛片》詩集

李進文

⊕ 彷彿他拿著手持攝影機

臺灣中生代（六年級生，一九七一—一九八〇）詩人之中，范家駿是特別的，作品量少質精，在這部《毛片》之前，只出版過另一部詩集《神棍》。文字屬於高敏感性體質，對創作的自省力極強。間隔整整十年才出手的《毛片》，他挑戰自己、更新語言系統，一舉獲得「周夢蝶詩獎首獎」，相較於過往，《毛片》無寧是一部如蛹化蝶的自我「改變之書」。

十年前的范家駿曾說，「詩就像是一場讓時間遲遲走不出來的霧。」「我相信總有一天我會走出這場霧，或者說，是霧走出了我。」（《神棍》，二〇一三）那時他的詩幽抑、帶點煙青曉灰，涵容了一些神祕氣質，以及對時光的預言性。現今來到二〇二四年的《毛片》，彷彿通過了一條長長的隧道，眼前忽然明朗了起來，「一個人穿越自己的迷霧／走到我門前／從門縫底下遞進來的／被擅自拆封過的光」，詩句踩著輕快的節奏，走出霧，迎向出口。

毛片，指未經修改的、原生或原始的「內容」，呈現不假修飾的初心狀態，「命運像是電影散場的時候／大家不約而同／把手機螢幕撥開的那道光」。他覺得自己的詩向來是低調內斂的「冷門片」，但我讀來，這部新詩集不同，它就像是一部真情又真好看的主題式連播「紀錄片」（如果將它視為給自己也給他者和世界的「廣義情詩」主題）。

你聽，他如此袒露：「花一輩子的時間／去完成／那些可以越來越小的事／直到對面大海的時候／你是多麼希望／自己能再下流一點」（〈感情用事〉）。或者涉及失去與思念，他這樣直白：「就像每一滴雨／都正在注視自己的身體／關於身體這個打不開的容器／而我想你／就像所有的雨都必須下在同一場雨裡」（〈乾濕分離〉）。

紀錄片必須有兩個特質（也是現代詩美學的技藝），其一是真實，並且對真實事件或故事進行創意和想像力的處理，其二是呈現個人觀點。因為他融入了個人觀點，所以流漾著獨特的聲腔與個性。而紀錄片的模式，涵括「觀察」與「自省」，例如他寫〈潛水夫〉：「跳海是件簡單的事／它包含了三個基本步驟／屈膝／凝視水面／直到水面也在凝視你」，先觀察，後自省——「每個人都有自己的海要跳／你每跳一次海／海便掙扎一次……」。我們可用「紀錄片」的「毛片」來大概詮釋他的詩集內蘊。

《毛片》的寫作——或說拍攝，彷彿他拿著手持攝影機，以一種新浪潮電影式的自由、即興風格，影像剪接，譬如「被風吹彎的人／隔著一座山／正在眼裡打水」（〈候鳥〉），或者歲月遊走於畫內畫外，好比「每天／我都在另一個世界醒來／那些許久未見人來採收的／聲音終於長出了耳朵／而我卻不是那個／從明天走來的人」（〈浮萍〉）。

㊉ 一部詩集是一條跳舞的河流

《毛片》詩集本身是一個完足的語字生態系，調性統一，風格顯明。

他以自然、具親和力的「口語」，去達成意象的鮮活與別緻，「活著是場太久的躲貓貓／突然間／所有的人都不跟你／好了」，以口語化處理詩的語言有風險，容易流於扁平化，必須透過故事布局（包括對話、音樂性、詞彙的陌生化……）繃緊內在的張力，以免鬆散垮掉，而意象的運用要更為慧黠靈動、精準與適時。

他巧妙地利用字語的眉角，擦撞出新意象，帶出常理之外、邏輯之中的浮動意義，好比他把戀情當鬼故事來講，自嘲又別具意味：「一隻鬼／該如何保養自己／才能擁有／成人之美」。

簡言之，若採用平常的口語，就得挑戰不平常的意象，文字的機智是重要的，例如「一個人越走越淡／他以為／自己就快要變薄」或者「那些沒有人去過的地方／最終／長出了邊界」。他善用呼息舒緩的斷句，搭配變速、急剎轉彎的語感，紙短情長地以口語說出：「到底要走得多快／才能讓許多腳印／看起來像是／只有一對」或「一早醒來你便錯過自己的佳句」類似這樣的句子，讓閱讀者的心眼，一路上不會被太滿的意象壓迫，既感舒適，又能享受風景推廣的小亮點。

范家駿以口語寫抒情，整部詩集朝此努力，展現他調動，以及料理語字的才情，餘味撩心，閒情泛靈光。

詩人的宿命，就是自己挑戰自己。以前的他，詩偏沉鬱，寫一個字是為了替自己點一盞燈，「直到我身體裡頭充滿了陰影。」

但在《毛片》中，他似乎盡量把生命（時間）的預言，轉換成帶點哀傷而拙趣的「寓言」，例如〈大象〉：「那晚／我夢見了自己是海邊／夢見大象來看我／它流著眼淚／順著鼻子／滴進／我的眼眶」，他也把陰翳和神祕性悄悄抹去——但並非消失，而是透過技藝隱藏。

他的詩在明朗的流動中，底層暗藏一股野性的追尋，「為了寂寞／你不過是在尋找另一隻鯨魚／而我卻要找尋另一座海洋」，而且他常適時以反骨穿透文字「刺」你一下——「對著那面牆講話／直到它長出釘子」，「而每次識破了甚麼，／原來也只是為了讓自己看得開」，彷彿是一種提醒。

詩的技藝是重要的，總在內化之後，隨著意象的液態流動，創造歧義，盡量避開造作與匠氣。

他透過技藝，拆除框架，不分輯、不分卷，憑一種自我訓練的「直覺」，一首詩接著一首詩，七十二首一氣呵成，像一條跳舞的河流，「而既被目為一條河總得繼續流下去的」（瘂弦詩），然後抵達一處海的角落、自選的居所。

他的寫詩狀態，彷彿去掉雜音，餘下時空裡翠綠的水聲，他只專注聆聽，聆聽水聲裡自己的心、聆聽他者（事物）的本質，行雲流水地「寫」下來。是的，彷彿就只是把那種純粹的「聲音」寫下來、記錄下來，「而我能做的是／走進房裡／關掉燈／深深地讓自己／發出一個聲音／一個不能被重複的聲音」，自然而然地成為自己獨有的聲腔。

他也試著去解除河流被阻礙的一些節骨眼、釋放河流的流向，一切可能的流向由河流自己找尋、自己決定（如同詩決定詩的自身），而不是由詩人自以為是地操控引導（況且這樣往往徒然）。河流是變動的、不固著的，可以平靜也可以氾濫。河流不屬於誰。詩人只是順服於河流、順服於詩的原型和本質。

⊕ 減法的抒情，加乘的想像力

有時猜想，范家駿就像一個突然消失多年又倏忽現身江湖的武者，十年修練出「動無常則」、「出其不意」的——輕盈功夫。

簡而言之，這樣的技藝，就是「以輕載重」的「輕」。——寫「輕」容易，但以輕載重或舉重若輕，是有難度的，他在這部詩集盡可能試著去實踐。

「輕」是一種書寫策略，因為輕，所以易於分享和感染。他透過內在的自省，飛遞而出一份心意，即便這份心意潛藏著一縷孤獨。如今的他更樂於傳遞，以及接收回聲。這跟憂傷的往日不同，過去的他希望讀者帶他與他的詩走出去，這次他和他的詩主動牽著讀者的手，走向一個他歡喜之境、詩之安住。

輕：是一種減法的抒情、加乘的想像力、圓周率般的無限不循環流動。

輕必須透過減少；少，才是詩的精粹和力量。他得將可動用的字語減到最少，再把最少的字語強大到承載最多意趣，譬如他只用了二行詩就說完了〈自私〉：「眼淚一直是快樂的／它懂得離開難過的人」。

他刪去複雜的命題，卸卻外殼裝飾，讓這部詩集純粹到你也可以當作一首「情詩組曲」來聆聽，其間交響著一種隨興自在的混音。又因核心題旨的集中，詩人得以全力深入內容，讓滋味有更多層次。

當然，廣義的「情詩」或「抒情詩」只是一個簡約之概括，裡頭包容種種他所探問的議題、觀點，或以理性牽引感性來述說事件。例如他將創作和閱讀的見解融入詩中，「對曾經寫下的字禱告／不要懊惱／無法活在一個正在痛苦的句子之中／即便如此／也不是每一首詩／都能夠死掉」（〈嗯。〉）以及〈sing a song〉、〈每天為我讀一首詩〉等等，或者其他涉世想法的探問：「那是一個完好的世界／白色的小花有黃色的邊緣／在夜裡／每一次舒展／都是一次對黎明的／政治傾向」。

《毛片》讓人讀到「情」，也讀到「思」，情思交感，這部作品開墾了臺灣抒情詩體系，種植出可喜的新風情。

自序

對我來說，「序」像是看電影前的那些必要的動作：在心中默記一組號碼，空蕩的環境中就著微弱的光去定位自己；深呼吸，坐下，終於像一塊被周圍接納的拼圖。巨型屏幕上正在播放這週即將上映的電影。熟悉的人臉、沒頭沒尾的劇情與敬請期待的那些俗套。

會不會是太習慣於這一切。此刻的我想發出一些噪音：從吸管套中掙脫出來的吸管、幾粒被黑暗踩到的爆米花，或是用力撕開一包外觀與重量不符的洋芋片。這些細

節——這些相對於這個世界渺小至極的細節；會不會是，我已經太習慣於安撫這一切。（螢幕上正在引導逃生方向）

「請將手機關閉或調整至靜音。」服務人員緩緩將最後那道厚重的門關上，那道從門縫中被擠壓出來的光，我想起自己曾經寫過的一首小詩：

坐下
過了不知道多久
站起來
轉身就走；
總會在無人的座位上
發現一些幕後的遺物
就像曾有另一群人
買票進場
如電影般活著。

不得不說，一開始就知道這是一部冷門片。環顧四周，突然發現我是這場電影中，唯一的觀眾；奇妙的是，這一切並沒有讓我感到意外。打開手機，在關機之前，草草地寫下一個句子：

對我來說，序像是看電影前的那些動作；必要，卻又如此多餘。

正片開始

給你的一首詩

我們就像生活在海上
體會著被搖晃

每天早上醒來
你搖晃我
就像你曾經是海
那樣

會是多麼哀傷呢
我們活著的每一天

都只能是今天
我推開你
像推開一扇長巷盡頭的門那樣

而你選擇在空曠之處
焚燒起自己的過去
風終究會告訴他們
誰是死灰
誰可以一點一點的
留下

而我只能凝視著夕陽
直到它變成月亮
提醒自己
不要一個人走進黑夜
除非黑夜也是一個人

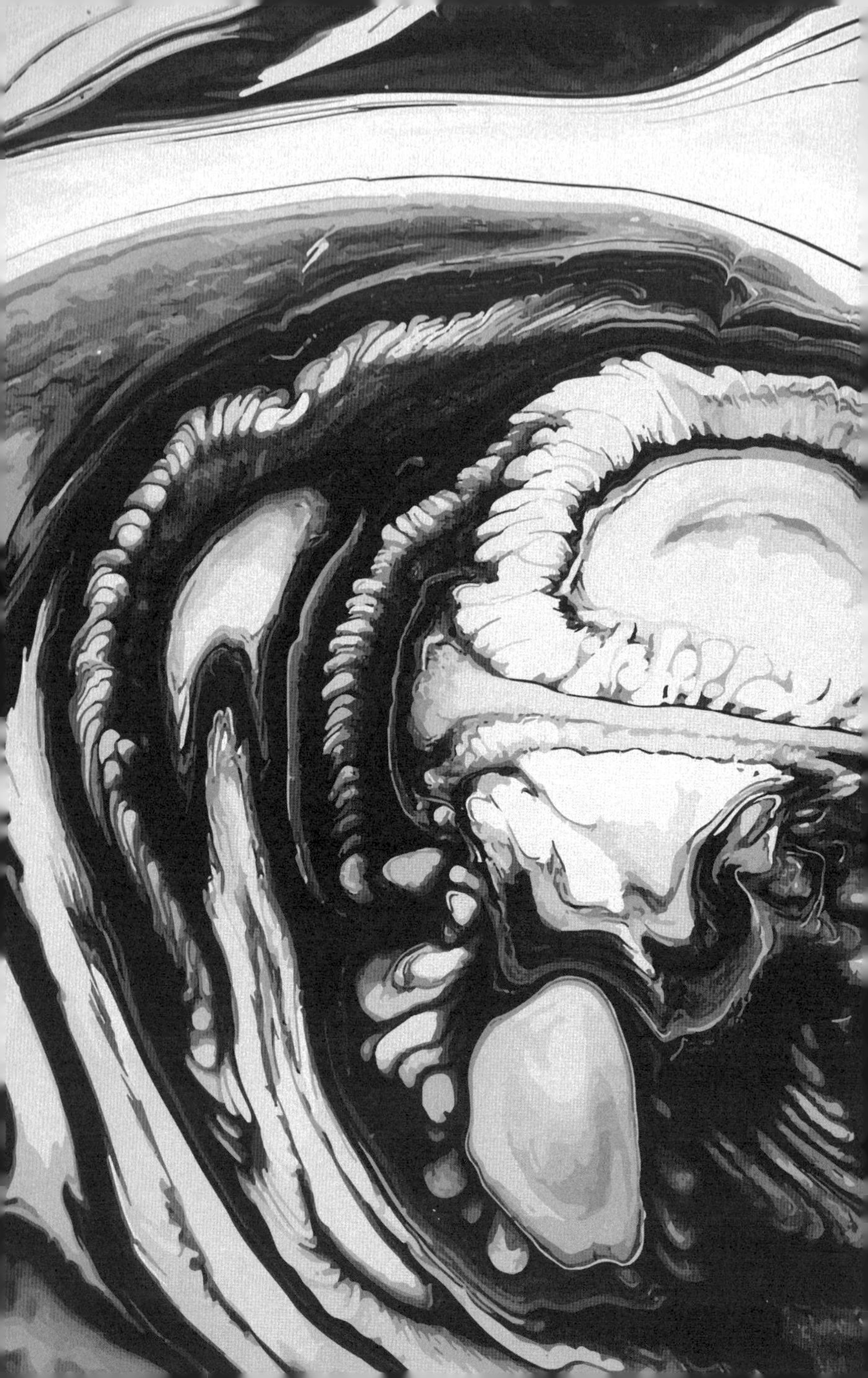

壞人

所以空虛
所以沿著輪廓
咬
一點點感染
一點點邊
為了能被你一直看見
我不會好
你說上輩子遺忘的
在這輩子

全都想了起來
那條就要出現的刮痕
指甲很短的人
還有曾經
塗過的形狀
更多的夜晚
一點點早上
如果填滿
只為了恰好擋住另一個人

潛水夫

在我還沒得病以前
是一個喜歡跳海的人

我喜歡海
我喜歡流浪
我喜歡在自己最陌生的時候
被陌生人發現

跳海是件簡單的事
它包含了三個基本步驟
屈膝
凝視水面
直到水面也在凝視你

初初進入海裡的時候
會不由自主地動

一開始我覺得那是本能想要我
活下來
跳久了才明白
其實是海在掙扎我

我要海相信我
我要海知道
我不是一個想死就能死掉的人
在跳海之前
我也是一個會按下電梯
順便問你要去幾樓的人
如果你要去的樓層剛好跟我一樣
我便凝視著你
直到你也在凝視我

每個人都有自己的海要跳
你每跳一次海
海便掙扎一次
直到整座海充滿了浪
海不停地浪
我也不停地蕩
來來回回
僥僥倖倖

而上岸是一件極盡色情的事
它需要
三個可以忽略的步驟
寫到這裡
才覺得自己有病

是誰先開始的

一首詩寫得很快通常是因為
它先開始寫我

而我想真正的孤單
是像自己
那樣的孤單了

只是對自己説話太久
照鏡子
難免會學人難過

如果這不是我要的生活
我要的生活
睜開眼
就可以起毛球

後來我常常像光
拼命想躲進角落

有時候
我相信自己生病了
有時候
我只是覺得很痛

隔水加熱

看見你的時候
光線穿過了樹葉

在這世上其他的地方
有沒有其他的人
曾看過你
渾身缺口般
穿走光線

一個人的影子被人群拉長
他需要一個
可以縱火的房間

而我僅僅是站在一棵樹下
不必抬頭
也能感到
所有的樹葉

鬼

失戀的人
像鬼
在上個
戀人與下個戀人之間
每一天就算
多一點
點明朗也
無所謂

一隻鬼
沿著街走
看見
另一個就要當鬼的人
他剛剛才撞見戀人

與另一隻鬼
牽手逛街

：「一個人在傷心的時候發覺
其實手心和手背
都曾經長滿了肉」

你永遠都不會從戀人那裡知道
這其實是個鬼故事。

中的某個段落
整個故事大意是在講
一隻鬼
該如何保養自己
才能擁有
成人之美

輪廓

是那麼容易傳染的
把一件容易遺失的東西
放進盒子裡頭
那個盒子通常也會
慢慢不見

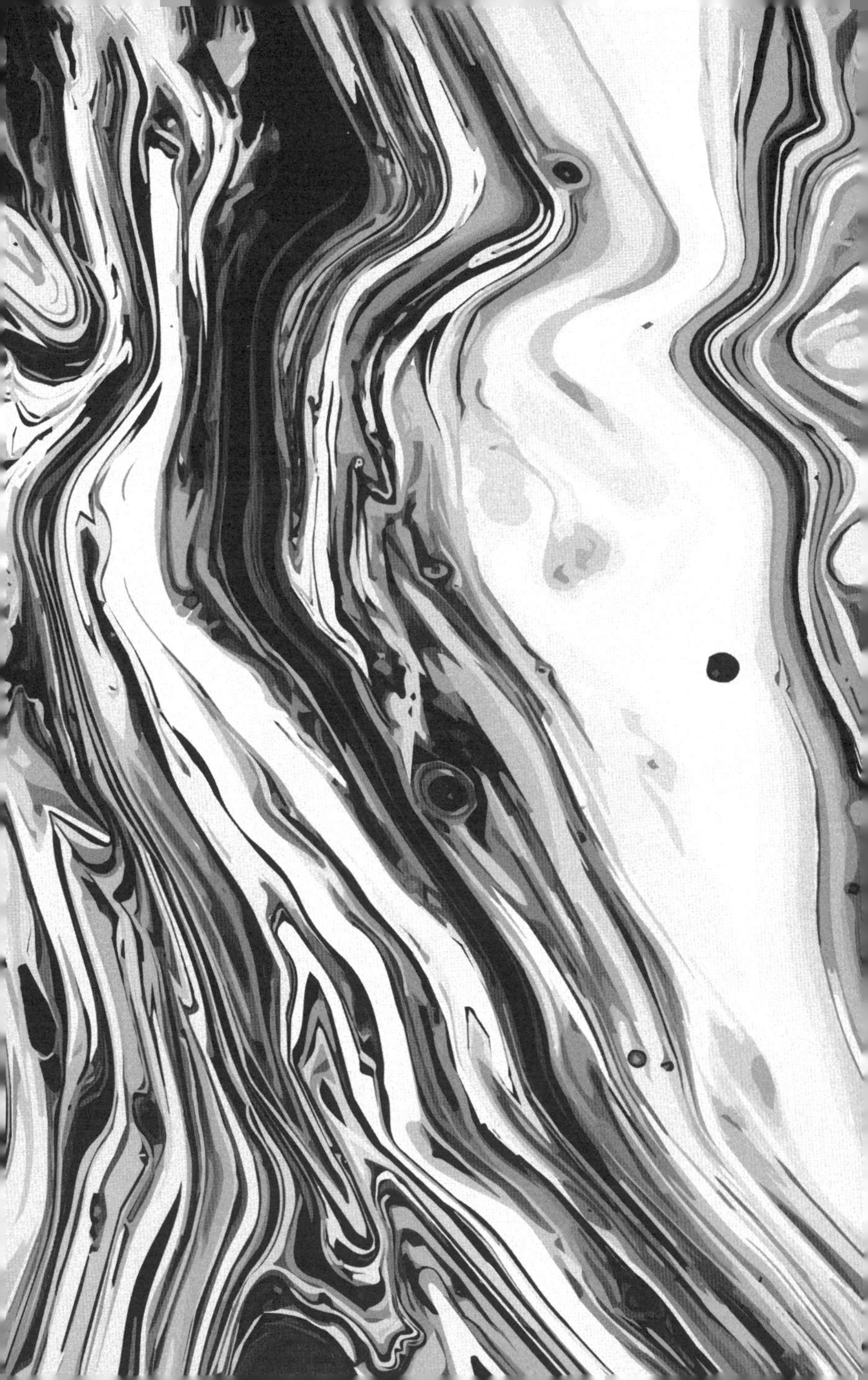

方物

他們頂替了夜晚
以他們並不熟悉的溼度
向我暗示
一些無法形容的神色

他們轉折他們說
他們取悅了雨
有些傘準備離開
剩下的準備為離開的人
頻頻張開

換算下來
快樂沒有

但悲傷有自己的節奏
誰先成為誰的朋友
誰將自己的嗜好
設定為配偶

他們頂替了許多後來的人
直到其中一人指著窗外
說
我們是不是應該排成雨勢
做好
濺起的準備

還是選擇捲起夜晚
扛在肩上
讓世界從較深的那頭
漫流出來

刺青

那是順著一道光
也走不出去的黑暗
你希望自己能夠不再睡著
和夢，擁有一樣的身體
回憶是一暗室
四周充滿向內推開的窗
你懸在室中
你的眼睛裡終究還留有
當那些窗戶一起被推開的時刻
所需要的絕望

我聽說寂寞可以讓人變薄
就像連續的音樂
可以讓肉質柔軟
只是我現在還不餓
我還不急著吃掉自己身上
能夠發出聲音的部分
寂寞的時候我試著空腹
胃酸經過心臟
通常需要五秒鐘
才知道自己應該要燃燒

這不是絕望
或者說這還不是你想要的那種
銀河鋸齒狀
長長的通過眼睛的上方

你的睫毛順著它的方向
像飽滿的稻穗
紛紛垂下
露珠和血滴並沒有甚麼不同
當你躲在皮膚之下
有人經過了光
失去自己的生命

鬆開雙手的時候
其實我還有很多話想說
風取代了我的聲音
再來是速度
時間並不是連續的
它像是一個中空的容器
學會了倒立
才開始有沙

你必須相信
之前這裡曾有一個人
把光留在岸邊
獨自躍入水中

從最膚淺的傷口開始
身體裡的風正一點一點的離開
只是我還想對你說些甚麼
「在活著的時候
為死者占卜
死去的時候
替自己化妝

身體裡的風一點一點的」

我很慶幸寫詩的人不用懂太多深奧的學問
我們只需要用力的活
認真地死
在半死不活的時候
有足夠的浪漫來面對

一頁迷失的人生
在寫的時候我是多麼想重新認識自己
寫完以後
我又是多麼地想忘記
自己在詩中
曾是那樣不幸的一個人

就像這不是一首詩
但是我還是選擇了分行
我相信詩會原諒我
用它的身體
做別的事
記錄一些與詩無關的句子
也試著讓那些句子
讀一點詩

有人説這不是件簡單的事
例如不用懂太多深奧的學問
就能生活在一些容易積水的底部
任自己發臭
長出青苔
並在討厭自己只是一隻孑孓之前
變成蚊子
（公的）
不會吸血
卻一樣能被吵醒的人打死

很被動
直到
不為所動
文字讓人重新認識這個世界
也讓人

開始懷念自己
至少一開始自己是活在這個世界裡的
誰不要誰一點都不重要
至少
一開始我是選擇活在這個身體裡的

這樣就夠了
留一些部分懊悔
一些部分懷念
剩下的
每天就交給陽光空氣和一點點水
來報復你

辭海

今天是 2013年11月22號。
螢幕上
已經看不見它被修改過的樣子

也不是一切都純屬雷同
為了證明我的不在場
而必須傳喚的
另一個字

因為諸多選擇而終在一起的
沒有選擇地分開
一個字
寧可從部首腐爛

為了讓風慢下來
那張紙
徹夜試圖長出葉子
還有甚麼原因
能讓一個衰老的意思
頻頻生字

此時你正在沙灘寫下你讀過最長的那個句子
有海
遲遲未至

白日夢

想像一棵生病的樹
擁有對秋天
說謊的權利
我在書中咳嗽
一個輕微口吃的男孩
試圖在暗處傾聽

感覺能夠彎曲的地方
都開始出汗
汗水滴進
失眠的眼睛裡——
那是一個完好的世界

白色的小花有黃色的邊緣
在夜裡
每一次舒展
都是一次對黎明的
政治傾向
每個人的生命中
都會有一個過來人
上次遇見他的時候他說：
好　下次回來
要帶你去南方

南方有一排排等候看病的陽光

為了完成這個想像
男孩在衣櫥中
又吞下了一把鮮豔的鈕扣

同居生活

對房間來說
事物分為兩種
一種是屬於白天的
另一種則屬於夜晚

而那些在白天和夜晚
看起來都一樣的東西
對房間來說
叫做分泌物

一個房間的分泌物多了

它的毛孔就容易變得粗大
同時開始變得不修邊幅
且愛吃外食

我跟一位朋友住在那間屋子幾個月過
白天我不在
他不在晚上
假日則偶爾會同時出現
一起拉上窗簾
做一些時間
做不到的事

那時我們臉上洋溢著
同一種油
對房間來說
我們曾經是同一個人

也許我就再也不要

原諒我需要用一些簡短的句子來丈量
自己剩下的日子
不再做太長的規劃
也不想遠行
去那些不認識我的地方

我想要靜靜地活
至少
比我想像中的還要難一點
完成一些朦朧的理想
去樓下雜貨店買瓶家庭號的果醬

沿著窗沿
仔細塗滿這個世界

淺淺地冬眠
隨時醒來
補充一些漫畫和水分
像一隻清早的筍
在土裡打呵欠

這就是我要的生活
原諒我需要用一些嫩綠的事
來面對這個世界
不再做一個太滿的人
隨時打開窗戶
閉上眼睛
可以輕輕搖晃

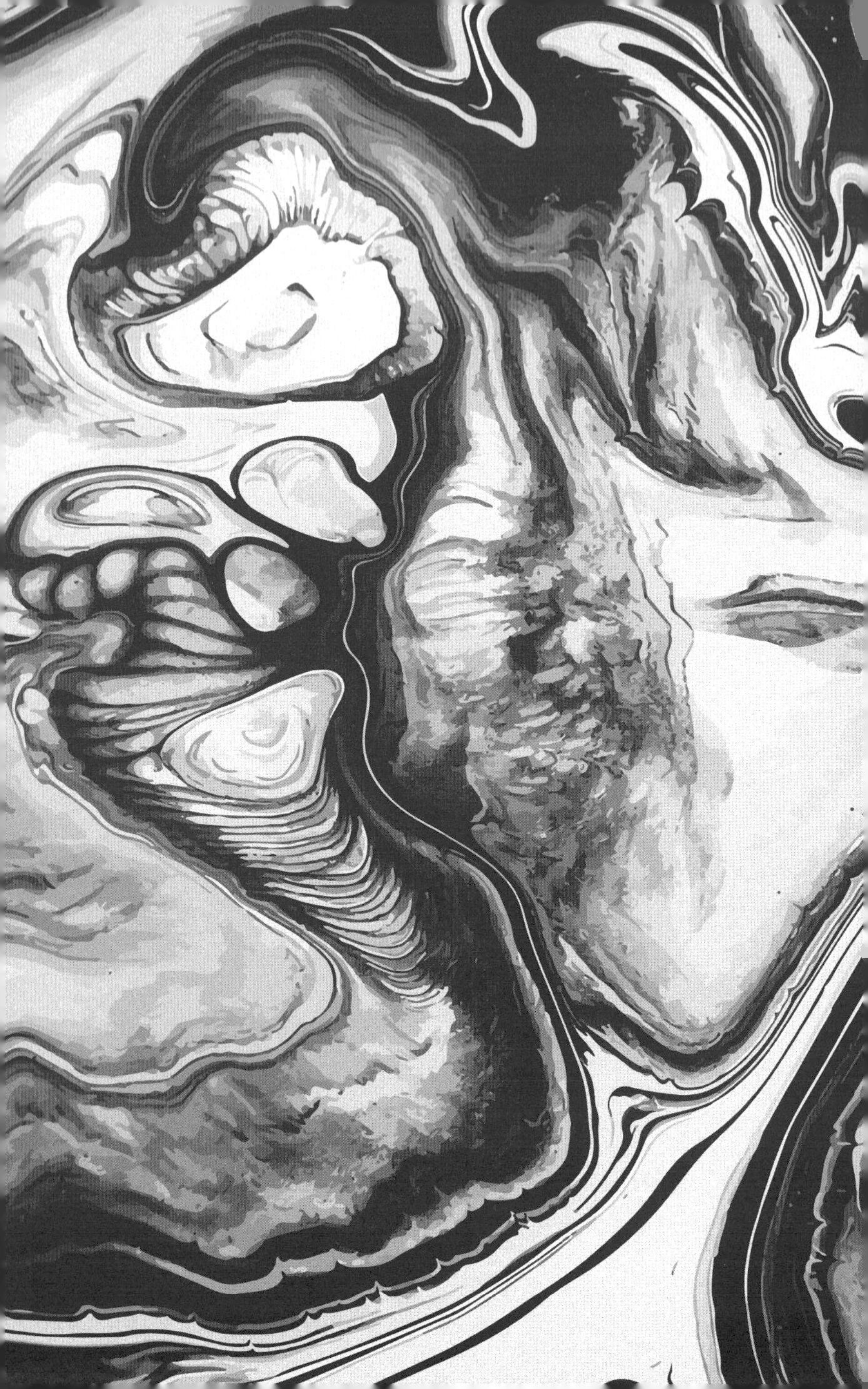

寫真

在還沒落下之前都是清澈的水
雨經過沉思變成了河流
我低頭看著它
已經混濁到
可以映出我清楚的臉

遠一點的地方
有支流正在形成
而我已無法再次死去
已無法像片葉子
在身體割出傷口
運送水分

對岸的孩子
打起水漂
水面上的臉
似乎學我
倒立了一下

這個下午比天空來得清醒
我嚥下一塊石頭
坐在岸邊
靜靜等待自己消失

時間像是昏倒在仿古書桌上的
鼻煙壺，幾個占星術士
為了昨夜那個驟然消失的星座而搖頭
晃腦
他們抖落了隨身的物件；有羅盤、玻璃鞋
以及穿著乞丐服的猴子
沒有人記得國王傍晚頒布下來的禁酒令
外地人排隊買票進城
你摸摸自己——
逐漸失去香氣的軟木塞
在這個越靠近晚上就越發傾斜的城市
占星術士們從圖書館中流了出來
就像昨晚在大街上滾過的
著火的輪子

描金

懸念

要說有什麼破綻的話
有一天
我會是那張照片
將所有遺忘的人
雜亂地擺在一起

總有些動人的時刻
我在吃雨
吃不下的
只好落在了地上
雨，沒有說話
直到雨停
我張開的嘴
也沒有填滿沒有
沒有任何跡象顯示

我，正在落下

失去了風聲
林相在照片裡依然長大
它遮住了一些人後來的臉
在你的照片中
我找到許多進退兩難的樹
它們一再一再地
擁抱只想要
讓一切變暗

是不是懂得躲起來的星星
才會被看見
而我一定是失去了什麼
拍照的時候
總是想哭

遺傳

謹以此詩獻給一位我尊敬的長輩林哲銘伯父

難過的人
在瀑布的背後唱歌
這世界聽不見你的聲音
你卻聽見這個世界
只有一種聲音

有種從前的聲音
讓難過的人靜下來了
你和瀑布站在一起
讓瀑布濺起了自己
也讓瀑布濺起
一點你

一點點的你就足夠了
足夠把一滴水給畫圓
將一場雨給拾起

甚至能把一個人
從另一個人的河床上
喚醒

醒來的人
在你的背後唱歌
他唱得越大聲
你就越安靜
像一個瀑布
讓所有的水
留住了你

你不知道這些水將流向哪裡
就像當時的他並不知道
聽見瀑布的人
這一生
都會在瀑布的背後唱歌

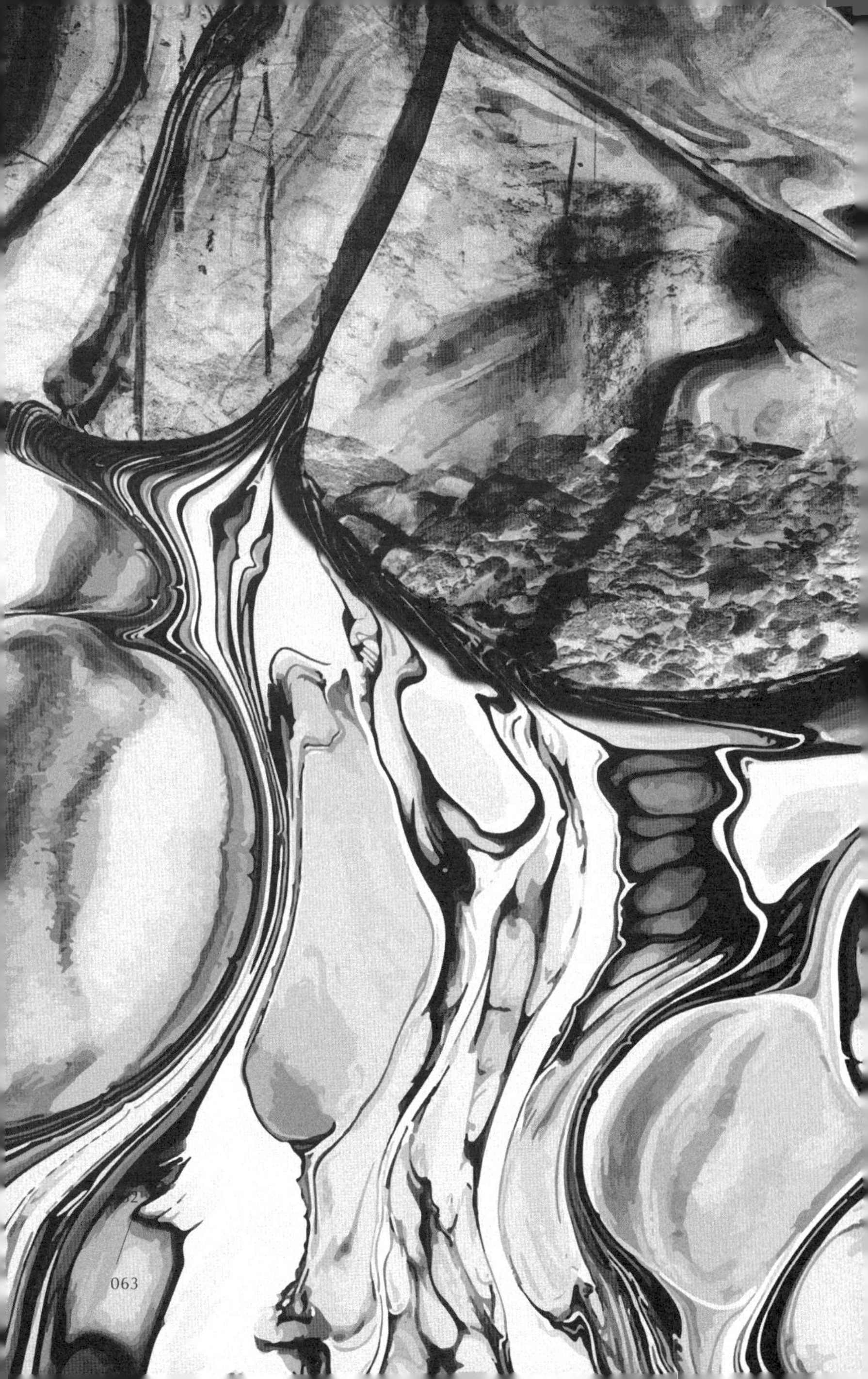

最早的占卜

沒有什麼
是突然出現的

就像所有的雨只能
下在同一場雨裡
而我們只能在時間中
浪費時間

天空是一朵雲
和另一朵雲相遇的過程
一如某些草的背面
擁有比表面更美的夜晚
消失中的露水
堅持著自己的旋轉

有些字注視久了
就會變成另一個字
與此同時
把一個意思含在口中
直到它發出
自己沒有聽過的聲音

那些沒有人去過的地方
最終
長出了邊界
沒有什麼
是來不及離開的
而我祈求世上所有的眼睛
都能保有
各自的淚水

退場機制

人是棵枯樹，移動餘蔭。
邊走邊枯的日子
第一枚葉子尚未著地之前
最後那枚已然
脫落
到底要走得多快
才能讓許多腳印
看起來像是
只有一對

人無近憂了
只好遠慮
那條不斷向兩側模糊的路
慢慢走進樹裡
這個過程
花光整座森林的每片葉子
只為了讓路
從林子那頭出來的時候
永遠像
尚且無人走過那樣

喃喃

如果你看過那陣雨
躑躅在屋外
獨自離開上一個旱季
尋找些人煙
來收乾自己

寂寞其實是
另一個長得像雨的人
操著遠方的口音
向你打聽
關於明天的天氣

你卻不知道
自己為什麼而活著
就像天空不明白
在它的眼眶裡
每滴雨相逢的意義

而這場雨勢並沒有照著我的悲傷到來
光天化日之下
穿過那個忘了帶傘的人
假如你
可以相信一滴雨
從來沒有稀釋過你
可以像它
碎得那麼完整

解藥

當你躺下與時間平行的時候
便不再對自己多做解釋了
學會將眼神如灰燼般散開
也學會如何用耳垂
令聲音騷動
夢中你的身體破碎如狼群
世界倒在雪地之中
敞開它龜裂的手
你希望自己不再流淌
至少不必
再穿過那條等你的危橋
小羊皮製的夢
稍晚
我也會記得點亮火把
去尋找你信中年老的雪人

當你假寐
如果聽見遠方有人不脛而走
別醒來
此刻的寂靜
就像我在每個夜裡聽見的
新鬼的哭聲
死去的日子
總是比活著的時候要長
無人知曉
為何一座森林
總會接納那些迷路的樹
而堅持像盞蠟燭流淚的人
長長的燭芯
卻是落在心底的一根針

無所而謂

如果有人剛好說中了你的寂寞
甚麼都來不及變濕
一個人越走越淡
他以為
自己就快要變薄

只是還沒有開始覺得痛
周圍就癢了起來
我想一個完美的傷口
來自於它的
好摳

如果有人剛好說中
自己的寂寞

借他一把偷來的傘
誰都不必替誰把風
就讓後來的雨
幫你還了

表面運動

一滴油躺在水面上
想像自己的靈活

靜止而
超展開的
一滴油無法想像
要把自己理解成多薄
才能覆蓋住整個水面
它需要更大的空間思考
它想站起來

走一走
它第一次需要知道
哪裡是自己的頭
哪裡是別人的腳

生命因輕浮
而認真膚淺

不需要說服自己
這是一個百分之三十沒有
海的世界
當表面的
一再形成表面
除了不會閉氣
一滴油不怕自己
沒有地方去

假釋犯

寂寞的時候我就會想起瘋人院
糜狀的草皮
看起來永遠都一樣高的樹
你的
每個動作
經過長久沉思而
像極了
下一個動作

沒有回音的房間
滿身壁癌的男人
像鏡中的水銀
看著我用自己複製的身體

貼上他得過的病

時間尚在假釋
請原諒我不能離窗口太遠
寂寞的時候我想起瘋人院
會客長椅上
曾經被修剪過的影子
像極了一個
容易出手汗的人

你代我填寫個資
與上次的內容大致相同
扣除例假日
你算算一共用了六個錯字
這一切
已大有進步

每天為我讀一首詩

你可以每天
為我讀一首詩嗎
不再只是為你
也不再只有自己
讀一首詩
讀一首你喜歡過
而我剛剛
才開始要討厭的詩

每天讀一首詩
然後
用那首詩的情節
演化今天
沒有閃電
就去找一棵孤單的樹下等雨
沒有樹

就去結識一粒種子
還有它身體裡的曠野
如果詩中說你必須在今天
愛上一個人
就去常逛的那間文具店
買隻紅筆
回來將那個句子
淡淡圈去

能夠讀出那首詩的好
至少在今天
你就是一個適合淋濕的好人
接下來一整天
甚麼也不看
不去遇到第二首好詩
是閱讀的基本禮貌

而這也是一首詩
一首比我們都還要瑣碎的詩
我可以為你
讀這首詩嗎
讀一遍
就把今天過完

一個小河聽來的故事

小河每到一個地方
就會模仿起當地的語言
一段時間下來他已經可以在很短的時間
學會當地的方言
直到有一天他走到了海邊
聽見了大海的聲音
那是一個簡單卻無法模仿的聲音

小河說不出自己的沮喪
他沿著海邊流下他的眼淚
海卻以相同的聲音
帶走了小河的眼淚
小河很生氣他開始奮力的哭泣
他把自己一滴一滴地
哭進了大海裡
他現在是大海的一部分了
小河這才發現
大海的身體裡原來一點聲音都沒有
只有他無法體會的沉默
而他所聽見的海浪聲
也不是大海所發出來的
那個聲音
原來是整個世界看到他時
共同的哭聲

狗仔

而你總是那麼薄
像個心裡有鬼的人
有著一顆表面有鹽粒的心
像塊蘇打餅
幾乎很脆

心裡有鬼的人
越吃越小
他們討厭有東西會掉進身體裡
而揚起了
某些屑屑

卻也十分注重禮節
比如在車上
總會主動把座位讓給
其他心懷鬼胎的人

秋天過了
就開始變得感光
穿上淺咖啡色的衣服
同手同腳
盡量走在小路上
閃開那些兩眼過膝心裡有人
的鬼

深怕自己
一拍就碎

感情用事

覺得自由
覺得困惑
覺得把腳掌張開的時候
不想看到的腳趾頭

像石頭一樣
越堅強的人
越容易有縫
你把自己的身體浸在水裡
開始行走

因為想要留下來
就要懂得用留下來的部分
學習生活
學習像光那樣
棲息在水的縫隙裡

想像有魚
為了尋找睡眠
同時鑽進了你的身體

相信摩擦
相信撫摸
相信撫摸不等於摩擦
同時相信
彼此沒有更好的選擇

花一輩子的時間
去完成
那些可以越來越小的事
直到對面大海的時候
你是多麼希望
自己能再下流一點

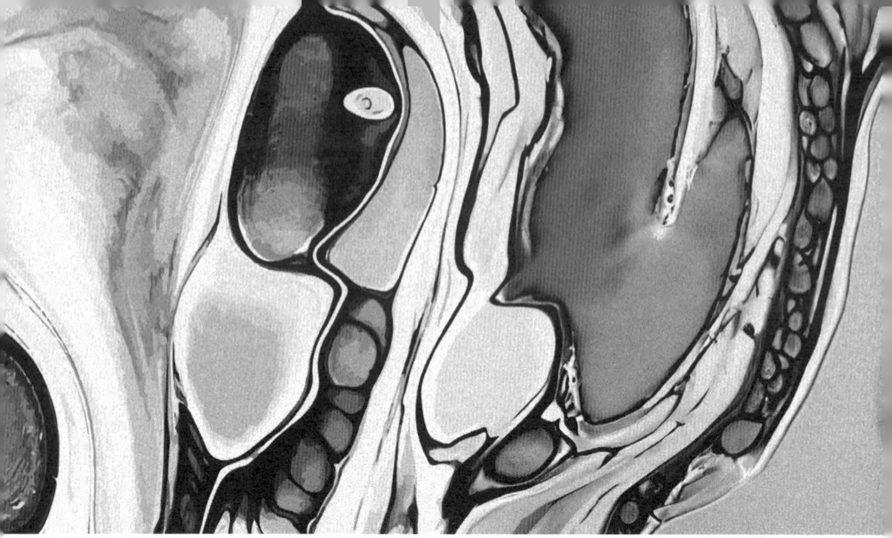

自拍

你的邊界穿過了我的城市
僅留下一面鏡子當作人質

我在鏡裡生下自己的母親
她有比黎明還要單薄的身體

她模仿著我
她像一滴露水般模仿著我了

而我只能模仿我自己
像口長滿了蘚的深井

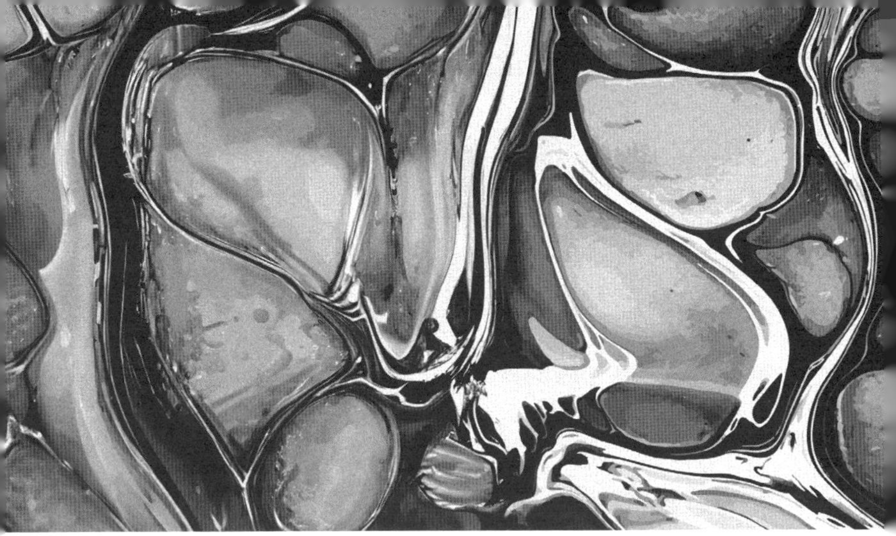

天空稀釋著鳥類的意義
一夜之間我身體裡湧出千年的樹蔭

而你還在等待那節迷路的火車
拉著屢屢失竊的海岸線

將你縫回時間的童年
（原來我只是張靠窗的座位

看著風景一再將遠方吹開）
誰說夢是個沒有平衡感的孩子

在今天與明天的交界游蕩——不久之前
她鬆開預藏頭髮裡的那把鈕扣

世界才散落一地

返校

星期一
一頭鹿來找我
嚴格說是在一個下午
一頭鹿帶著他的星期一
來找我
我也有個一模一樣的星期一
嚴格說
我的星期一有點憂鬱
他的
還只是淡淡的藍色

路不是自己來的
當然鹿也不是
帶他來的人腳看起來有點跛
我問那人：

你的腳怎麼了？
他說，我的腳沒事
有問題的是我的鞋子

那個人跟我坐了一個下午
嚴格說是一個小時又十七分
我很想跟他說我其實還有別的星期一
但是我沒有

這樣他或許就還會再來
臨走之前
他把鹿留下來陪我
一個人騎著機車回家
我有點後悔自己說了聲謝謝
不過也好
這樣或許他就會記得回來的路了

雨打消了我們

讓看不見的血跡
噴濺在看不見的地方

走進屋中
擦掉身上的陽光
如今我已是一座凶宅
愛與被愛
不過是同一場血案

觀光客在紙上
留下一些懸而未決的字
「不是每隻鋸齒
都能變成鑰匙；
把風久了
就能成為嫌犯」

活著
一直是最好的不在場證明
在鏡子面前
每雙眼睛
都是絕望的容器
它知道只有哭泣
是與生俱來的

逃到這裡
其實旅程就該結束了
房與窗
天空與雲朵
終究是彼此的遺物
就像海與岸
一再避談
所謂的底線

走光的人身上充滿暑氣
他移出屋外
睽睽的
任雨打消了我們

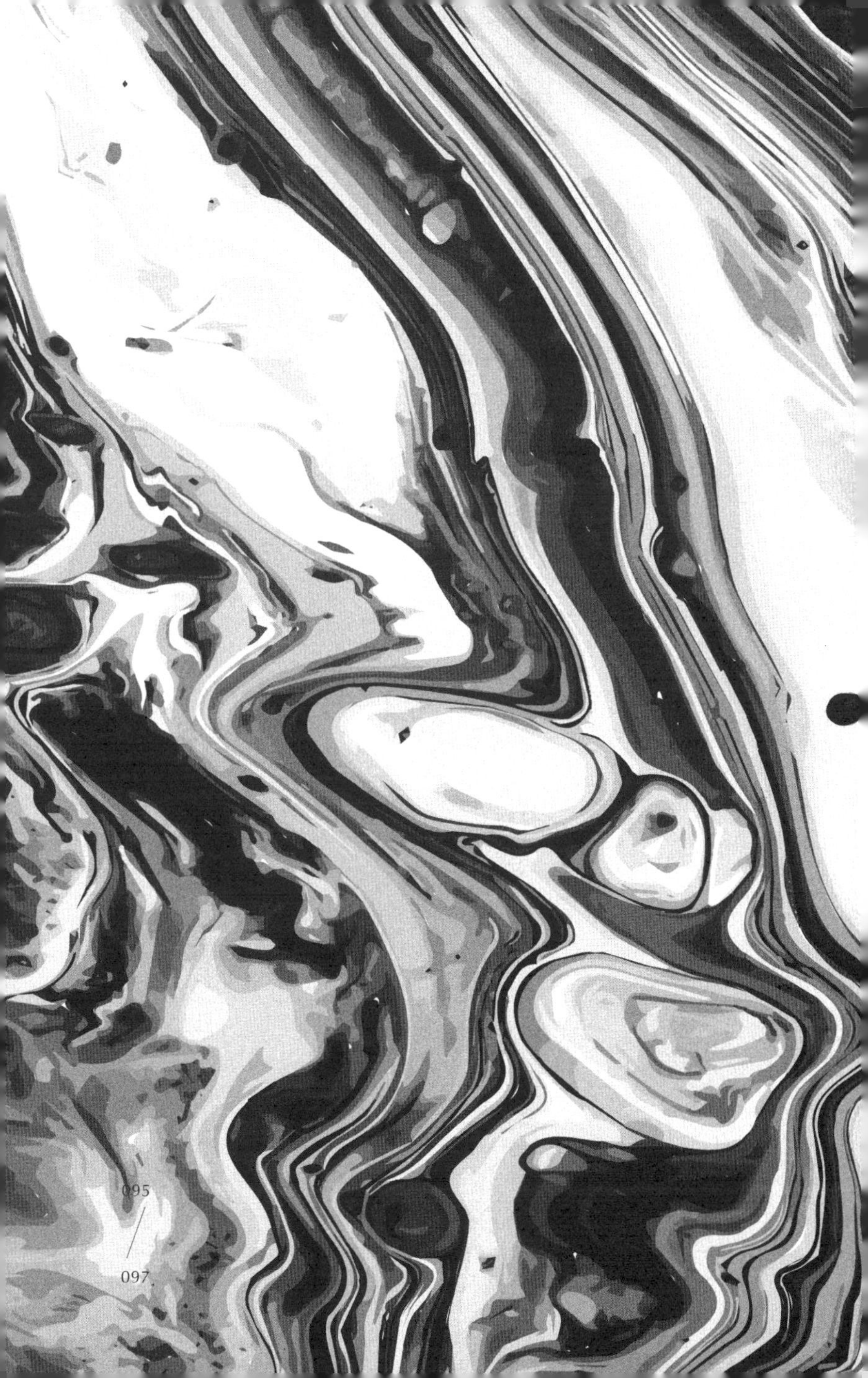

095
/
097

大象

大象第一次看見了海
回來後就開始不說話
它靜靜地挨著鞭子
也不願意把鼻子伸長

我不知道海跟大象說了甚麼
它的耳朵來回拍動
像是要把甚麼給趕走
又好像正在
想念著海浪

它靜靜地挨著皮鞭
也不願意再移動半步了

主人說要賣掉它
這隻大象已經不是

其他的大象
它甚至忘記自己
從前上揚的尾巴

那晚
我夢見了自己是海邊
夢見大象來看我
它流著眼淚
順著鼻子
滴進
我的眼眶

第二次看見大象
是在很遠的地方了
我很遠很遠的看著它
像一個可以擦掉的斑點

感覺自己又開始
微微搖晃
不知道這次是因為耳朵
還是身體裡的浪

活著

——在尚未發生的錯誤之中
總有那個註定要相遇的人

如果説天空是鳥的廢墟
飛翔也就不免成為天空的手語
在兩個孿生的詞語間擺盪
意思便傾向中間靜止

大街上站滿因為迷路
所以不得不沉思的樹
甚麼時候黎明不再是風的短袖
他們曾經溫暖過河的兩側
而失眠的煙囪早就知道
一個城市是一朵睡蓮
在咳嗽藥水中瘋長有人聽

見我像枚圖釘

活在這世界磨平的鞋底上
也有人以為我將走進雨中
倘若你還不知道我
是穿入了雨和雨之間

一聲猶未被賦予成意思的字
我從那首詩中上了船
說好趕在起霧之前
等你走音而來
告訴自己離開只是一朵蝴蝶蘭
恰好開在槳上

當明天以懷念的樣子轉身
沉默　四面臨海
此刻我願像星星一樣睡去
相信夢中那隻候鳥一如往常地飛
直到天空折進它寬容的胸口裡

人面

1

去年今日此門中*

那個除了臉之外
像株桃樹的人
又經過了我的窗前

距離春天
理應還有三條路
比去年
她又更近了一點

在去年的牆上
添了扇今年的窗
透過兩種時間看著她
桃樹下
用自己的影子畫畫

*為唐・崔護〈題都城南莊〉詩

她說記得從前
人有人愛
窗有窗花

2 人面桃花相映紅*

用那扇窗
我圈養過雲
也圈養過雨
如今
我拿來留住妳

沒有人知道
一開始是先有窗

*為唐·崔護〈題都城南莊〉詩

還是先有妳
然而順序還是重要的
就像先有窗
後有房
一株桃樹
站定了整個春天的位置

而我靠近妳的方法
僅僅是將臉靜置在窗上
閉目傾聽
那個女子遁入了桃樹之中
並懷下她生命中的
第一朵花

桃花

1 人面不知何處去*

花開的時候
我剛好不在
我去見了一個人
他說他看過那女子
身後總跟著一株桃樹

*為唐．崔護〈題都城南莊〉詩

他是這樣說的
「你知道的，
有時候桃樹像極了她的影子
有時候她又像極了那桃樹。」
他輕易描繪出那女子的模樣

或者說
是妳希望他輕易地看穿
那個從來我不明白的部分
經過妳重疊
而又攤開的時間
在我眼睛裡留下的
桃樹的褶痕
多麼微弱的詛咒
春天從妳心上經過

而我剛好不在
花開的時候

2

桃花依舊笑春風*

風停下來的時候
我也停下來了
沒有陷阱
也沒有像株桃樹的人
可以被劈開
生火

想起去年此時
經過那個

*為唐·崔護〈題都城南莊〉詩

叫做桃花源的地方
他們說一株桃樹
代表一個離去的人

他們說
栽下這棵樹
從此
你就是一個離去的人了
從此便不再需要回來
想念自己的時候
窗外
總是開滿了桃花

一切都在盡可能的延後

你只要很久很久不說話
他就必須想起自己
說過的上一句話
他可能需要花一個下午
看一群窗戶
在桌面上
把光撕得碎碎的
他好想吹一口氣
他想留下

而你只要很久很久不說話

再久一點
也會聽見
每扇門
都是被門縫推開的
而你必須很久很久不說話
才能知道對面的這個人
像極了眼前這張桌子
都是向內生長的
時間持續地碎
碎了
你開始聽見的
只是他想起你的時候
說過的
上一句話

其來有自

天空在尋找冬天的小路上滑倒
它微微的膝蓋
還插著清晨的枯枝

我不小心
卻揉揉眼睛
讓幾根睫毛刺進了
柔軟的風景

當一切
一切都在飽滿中
不寒而慄

還有你的毛海
我的抽屜

同舟

災難來時
我的詩，就一直停在這首上方
一朵飄在積水上的雲
它渴望哭泣

有人告訴我遠方在爆炸
我聽到火光
卻看不見聲音

只是所有的血都被沖走了
你們身上的洞
為甚麼還不闔眼呢

老人蹲在浮木上
他的影子在打撈
他拉不直的家

迷路的人
留下他繫著絲帶的身體
火通過了煙霧
將自己葬在最遠的地方

此刻我只願像條死去的魚那樣
在水面
緊緊的跟你靠在一起

膏肓

在更早的時間裡
我遇見許多被人
所遺忘的人
每件遺失的事情
被裝在那封郵資不足的信中
安然地退回

凋零的花開始呼吸
赤腳的人在路上
找尋新的傷口
早先的世界
是如此狂熱
燒得著的形成人煙
不能燒的化為人海

船上有樹
一天中最飽滿的時刻
熟成的人
紛紛落在了海面上
命運像是電影散場的時候
大家不約而同
把手機螢幕撥開的那道光

寫下對首映的評價
「那場雨下得太久
久到彷彿所有的雨
都停在了天空」
在門口排隊的人
想起此刻藏在冰箱的果實
它完好的腐爛

別說了
針尖與骨刺
騎樓與野花
其實誰都一樣
在這平淡的日子之下
看遠星依舊掙扎
你比霧
似乎還快散去

配樂響起
哀傷的配樂
原不屬於哀傷
歌聲中游來一尾魚
閉眼的人木無表情
聽它
終將一生被水面所欺騙

流感

以蛾傳訛
讓謠言沾上花的粉末
冷冷的飛
讓説謊的人著床
將自己從心包裹
成為一顆失眠的蛹

我們的島
再也容不下任何一粒
不想成為海灘的沙
候鳥啣走了最後那個打赤腳的人
一條在天空中消失的路
海上浮滿了想要抵岸的鞋子

他們説離開是一根白頭髮
拔掉了一根
只是為了能讓另一根

在相同的地方長出來

如此以訛
傳蛾著
如何將一個謠言
認真告訴
下一個說謊的人
直到那個謠言
被還原為
事實

那些被火燒過
的訛
清脆而堅硬
空空的
就好像裡頭
一開始就沒有我

去留

那些沿著鐵軌成家的人
遇見了生命中第一次的沙塵暴

他們試著背對背
去守護自己的影子
風吹開他們的手
把他們的繭帶走
他們的孩子沒有繭

風抹去了孩子們的一隻酒窩
流沙漸次覆蓋住鐵軌
僅僅露出它

冰涼的氣味
整座沙漠都在夢遊著
死去的人在綠洲醒來
喊著親人的乳名
直到口渴

不記得這一切持續了多久
或者說
這一切還能
離開我多久
故事講到這裡
總有一些交錯的部分
那些因傷分開
沿著鐵軌唱歌的人
迎來了生命中的第一輛火車

我們死去的那天
好多人正在緊緊擁抱著

他們不知道我們正在死去
或許是因為死去的過程太冗長
重生又顯得太短
我看見那天好多人緊緊擁抱著
提醒我自己
正在死去

兩個人要形成我們
理應擁抱
總有些甚麼在這個過程中會死去
你不明白
好多人正在擁抱著
他們為何不懂
他們正在變成我們

把不想告訴別人的事
對自己説
直到你心裡再也沒有別人
直到有人會説這是愛
直到有人會對自己説
這是愛了

能夠把一些話説得很淡
就能把一些東西塗得很薄
匀開再匀開
「由心中
向外旋轉」
反覆這句話
直到成為一種藥
一種能癒合
我們的藥

註：靈感源於阿芒作品〈我緊緊抱你的時候這世界好多人死〉

再也分不開了
是嗎我和你
都來自同一個我們
即使彼此並不認識
甚至也未曾見過對方
「我一直想不起來在哪裡看過你」
你的聲音

其實是很薄很薄的那種
我沒有說話
站起來
給你一個擁抱

顯靈

火在我身體綻放
死亡是一種香味
在火中醒來
我生下了第一個小孩
小孩不喜歡耳朵
如此輕薄且適合搖晃的構造
小孩不喜歡夢
在夢中的自己
卻總是飛不起來

翻了個身
雨慢慢靜了下來
火在我身旁睡著
像個過大的貝殼
只是這一切都來得太快
我們連影子也無法移動

我看著火裡的自己
像一張過期的尋人啟事

有人說旅行只是為了忘記
當初來這的原因
有一種聲音將小孩的眼睛闔上
而此刻我還不想忘記
在熄滅的時候
看過有腳尖的光
在落下的時候
錯過那最輕盈的人

如果在夢裡
我們所追求的
不是真實，而是
跟真的一樣

假音

事後才發現琴鍵
與琴鍵之間卡滿了斷裂
的指甲與皮屑
你所謂的帶有過分裝飾的聲音

基本上解釋裝飾並不難
「把一件物品經過遮蔽讓它比原來
更暴露自己」的一種技術
但
過分裝飾卻是完全不同的另一件事，你說
「畢竟，那已經算是藝術了吧」
說話的人剛從一首失敗的演奏曲目中醒來
他在第三小節中發現一個致命的音符
進而決定中止整場演奏會
直到人群散去

大家擠在廣場上議論紛紛
關於剛才的疏散中似乎
有其戲劇性
這未必不是一門「把自己暴露在音樂之外
使得眾人成為一種可以走動的裝飾」的藝術
在離開劇院的時候
你發現不只一個人
記得小心階梯
並用鼻子或腳尖
繼續未完的音樂

就像在旋轉到極致之後
出現的遊樂園
一種遊戲象徵著一種暈眩
該不該讓大家體會危險
或者說就直接跳過那一段

繼續演奏
誰當眾感到不是
（會顯現例如咬指甲的動作）
在演奏會結束後
請他到後台來
與其合照
試著告訴他你的計畫
當然並不包括
「想像所有的結局皆指出逃生的方向」
知道以後他便會覺得無趣了吧
當時你是那麼想的

像是連起來一樣

而我能做的是
走進房裡
關掉燈
深深地讓自己
發出一個聲音
一個不能被重複的聲音

我不能算計
時間過了多久
直到黑暗中的某個物體
向我提出了一個房間

之外的問題
它讓我明白我
終於打動了它
我可以感覺
它彷彿在移動
或更精準地說
是稍稍地退後著
的空間

所有人一下子回到了原位
門縫迫使我張開眼睛
隔著一盞燈醒來的距離
此刻我是多麼需要
往回音的地方看去
發現所有的靜物
都集中在那個角落裡

我不知道怎麼變軟
可是我知道蘋果會從哪裡開始爛
把蘋果還有它的影子拿開
我的蘋果放得太久
所以桌子紅紅的
所以我的心

相信如果要寫你
就要先有個祕密
一顆有了祕密
的心跳著跳著
就深了

我還不知道怎樣變軟

卻還是相信
如果要寫你
就該先準備一顆蘋果
一顆健康的蘋果
把它正準備爛掉的地方
仔細吃完

剩下的
輕輕放回桌上
如果我已經知道
怎麼落下

我不知道怎樣
變成一顆蘋果

傷停時間

感謝那些明的暗的以我為敵的人，感謝你們的不屑，可以讓我彎下腰來撿起你的碎片。我們從來，都不是完美的人，也都各自堅持選擇了在別人眼中那樣的不完美。

你讓雨表達了我
早上
輕輕騎過你
昨晚坐過的地方
地上還有一點濕
我的輪胎很慢
試著不激起
你想留在水面上的暖意

陽光把路邊的燈
一一隨手關上
有人相信這是今天的開始
有人相信這是昨天的結束
我的眼睛
還停在你被抬起來的地方

他們抬起了你
卻抬不起來
那張被你坐過的宣言

我相信今天
也相信昨天
我維護你
說我永遠是個騎牆者
印象中
那個人的屁股坐壞過幾朵牽牛花
那個時候
陽光充滿了暗處
卻也沒有嘗試帶走一點點
我們的紫色

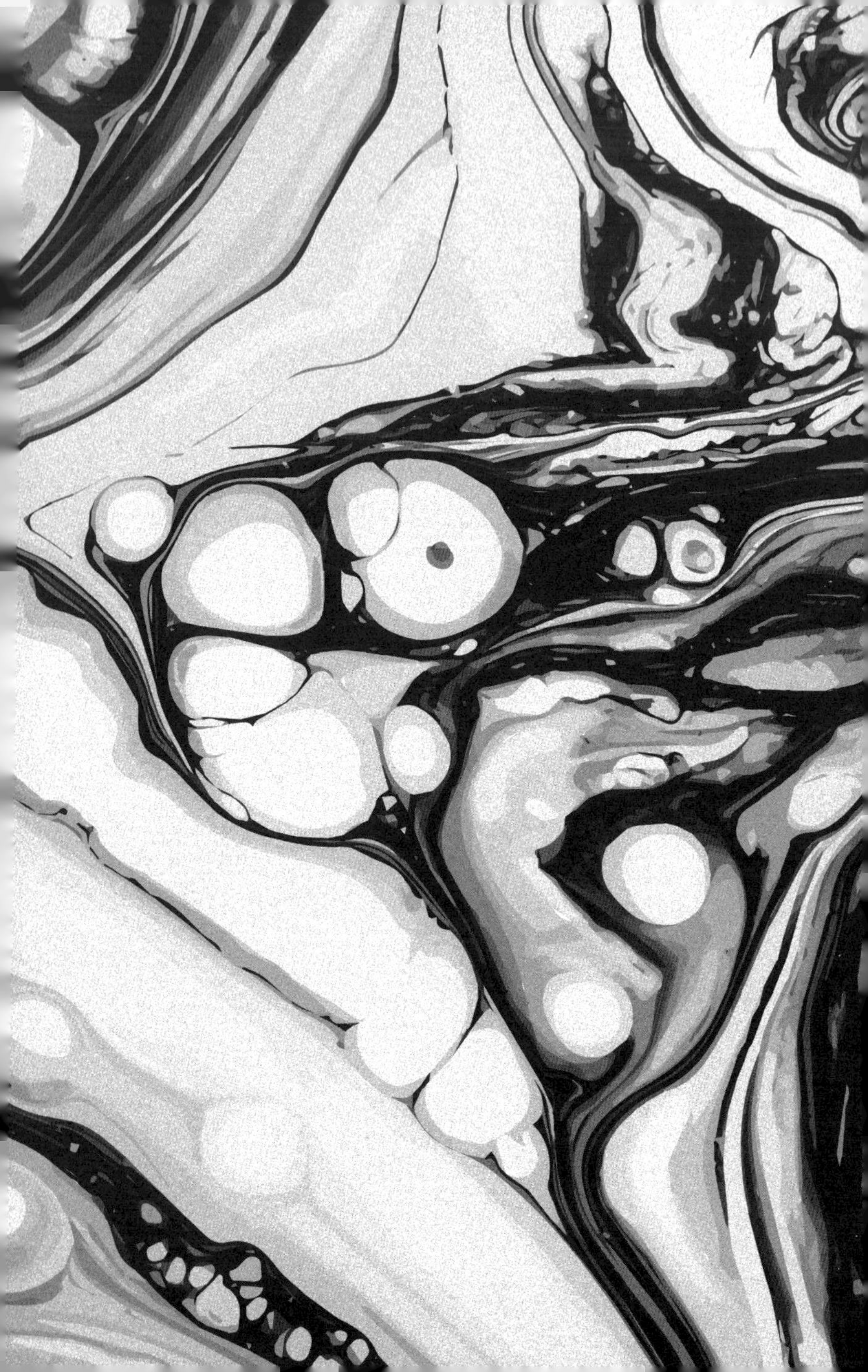

餘地

下起雨了
地面上
還留有乾燥的地方

就像受過傷的人
在他身上總會找到
還可以傷害的部分

候鳥

在最高的地方蓋間屋子
終年我們
敞開窗
為了讓脫隊的雲
很好穿越

被風吹彎的人
隔著一座山
正在眼裡打水

那些走失的雲
不知道還要多久
才會變成鳥
被風曲解的人
喝過筆直的河水

為了傾聽那條河的源頭
他們來到了山上
而在上山以前
一個人愛過我

我想我還是會

試著將自己變淡
才能更薄
每扇門都是悄悄打開的夢
以它的虛線
將我輕輕
逐出這個世界

一個心亂如麻的人
直直走進我的眼睛
時間一再露出縫隙
遠方有人發明了夢
和正確的睡眠

而我不是他
我只是棟危樓
愛上自己的夏天

雨中
身上那片麥浪

像是吹過蒲公英的風
從此充滿了方向
寂寞的人把字越寫越小
就快要
看不見它原來的意思
好比愛

讓人緩緩閉上眼睛
就像用盡了此生所有的
吹灰之力
誰穿過它的眼眶

都可以成為眼淚

蓮藕鑲肉

大樓是一根根蓮藕
每次呼吸
都隸屬於它最早的睡眠

警衛還有電梯
池塘與魚
關於早晨的一切
都在泥土裡睡著了

蓮藕在一個晚上
長成大樓
這是蓮藕一開始
就已經知道的事

一節蓮藕
一層樓

有人在蓮藕裡頭開燈
發現蓮藕
一直是亮的

一小時後
他們約在頂樓賞荷
他們說把心放在這裡
跳下去
就可以找到
回來的絲

你被三樓切開的地方
宛若夏天
原來的洞中
塞滿後來的人

病中

在病中
看見水銀在水底傾斜
時間突然跑來
當一切都還來不及浮現
桌面便鋪滿了一層
厚厚的落葉

疼痛像躺在我們身上的男人
和他膚淺的提問：
到底需要收集多少沙子
才能養成一片沙灘

你建議畫線
而我相信適當的海水
「有些事情不是看不見
相反它只是太顯眼。」
你說這句話的時候
我看見水銀
如何坐在他的床沿

「除了刺刺的，
那片沙灘最終還是沒有長大」
那些年為你編的謊
最後都變成了傳說
：聽說因為等不到你
海就先離開了
不顧一切

交換日記

讓我能離開那些最愛的東西
讓我試著戒掉
那些為了今天的癮

離開每個看似相同的問候
簡短的或剪短的
離開曾經去過的地方
趁著自己不注意的時候
再離開自己

寫一些適合翻面的東西
溫暖的蛋黃
邊緣不規則的字

在活著的每一天
想起今天早上看見的石虎
再不然
也要想辦法離開日記上的
那條高速公路

如此樂觀
這世界上總會有一隻還沒死掉的石虎
這讓我想起你
討厭我
在詩中涉及政治
我也知道
幾句話這樣分開來寫
就很難避免
繼續寫詩

我試著
養一隻就快要死掉的石虎
不問
那些愛過的東西
野放了以後
會回到哪裡去

淡季

也許是光的淡季
你的腳印留下了時間的斑
是誰站在暗中
要一陣風彎下腰來
露出魚腥草

一個人游過自己的腦海
他現在已經是個不需要回頭的人

跟隨著他的屋簷
世界找到了我們
滴下來的心
裂開的嘴唇

他拉起自己水面下的根
教我分辨
那些可食的部分

這是離開聲音的第一天
清早的原野還在彌留
我的獵人
捏緊眼神
以一把乾淨的斧頭
劈開身上的風

嗯。

那些詩句因為過度頻繁地揭露
漸漸失去黏性
就像是好了的傷
多餘的皮

實在很難想像你是指甲
可以重複地塗
重複地剪掉
剪得很短
幾乎就要
看見了心跳

對曾經寫下的字禱告
不要懊惱
無法活在一個正在痛苦的句子之中
即便如此
也不是每一首詩
都能夠死掉

乾濕分離

這場雨我相信已經準備離去
鋪天蓋地
它們尋找的東西
已經在外頭待得太久

就像每一滴雨
都正在注視自己的身體
關於身體這個打不開的容器
而我想你

就像所有的雨都必須下在同一場雨裡

如今我的窗外
石頭沿著河流生長
它悶不吭聲
長出了緊閉的嘴脣
與一顆尚且的心

如今我一個人坐在屋裡
大口喝著水
為了將自己調得更暗
這場雨已經下得夠久

我遺失的東西
在裡頭已經待得夠久

更貼切一點

是風吹開了你頭頂的螢幕
從兩片葉子之間
錯開的光
重疊的影子
滴落在你額頭之上
尚未形成雨的
一滴水

距離上一場雨
你有多久未曾
看過這個嘴唇乾裂的世界
你的喉結蠢蠢欲動
那應該是雨的開關
輕輕一按

就讓世界變成
一把突然彈開的傘

那時候
遠方聽起來像海
在你與聽覺之間
明天只是一片沙灘
把夢裡不要的東西
全都給留了下來

生命是從一滴水
到一場雨的過程了嗎
如果我能
更貼切一點地說
有的時候
你比雨

還要像雨
遠比自己想像得
還要更劇烈地
來到這個世界

那個時候遠方
聽起來依然像樹
將所有你看不見的東西
都鎖在那裡
鎖在那塊需要迷路
才能穿過的森林

而森林裡頭
有些回不來的聲音
非要有人在雨中喊你的時候
才能聽見

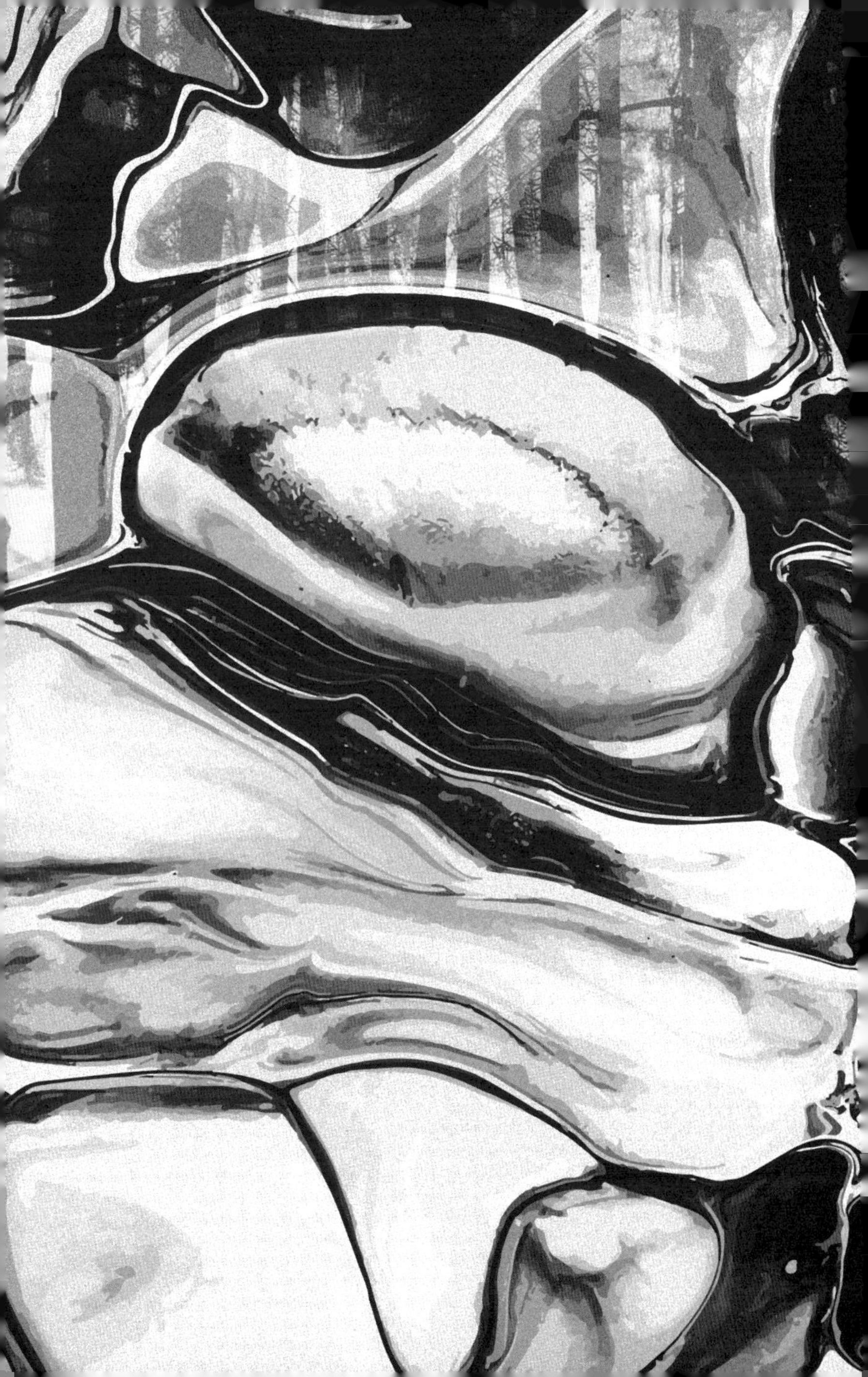

時差

給自己一座森林
迷一回路
給熄滅的火把
一雙可以穿過的掌心

你在迷路中
遇見那條自言自語的河
你陪它走了一小段路
口袋便裝滿了石頭

在這麼短的時光裡
還來不及長成一個流浪漢
來不及把鼻子捏紅
邀請我去參加遠方的馬戲

給我們贖來的青春
一把帶殼的雨
給搖搖欲墜的耳朵
一首關於蘆葦的歌

你的影子在對山裡升起火來
它轉身喚你
卻發現自己的哭聲
一直很遠

四章

鯨聲又在我身體裡響起
碩大的身腔
沒有一處
不是方向

嚥了嚥口水
我安撫著牠
「仔細聽
整個世界
一點聲音都沒有」

為了寂寞
你不過是在尋找另一隻鯨魚
而我卻要找尋另一座海洋

浮萍

那朵花在河面上轉了個圈
便解開我的視線

誰在夏天的路旁
留下
適量的鹽
用一滴水
寫一個字
一點一滴
直到最早的那個字
學會了消失

我站在這裡看了一個下午
紋風不動的下午
秋天比水面上的石頭還淺

你遺失的手心
誰都沒有看見
它在河的身體裡
拉出那條
密密麻麻的結

每天
我都在另一個世界醒來
那些許久未見人來採收的
聲音終於長出了耳朵
而我卻不是那個
從明天走來的人
一道晨光
是一條通往盡頭的路
天尚未亮
黎明已將露珠準備妥當

再夢中

這樣我一大早
就不必煩惱
給那些就要盛開的哀傷
一隻
蝴蝶吸過的瓶子

其實每一次醒來
生活就長出了一層殼
軟硬適中的日子
昏昏欲墜
像是某種能夠在樹梢睡著的蟲
在夢中
其實都是無家可歸的

包括我們曾經遺忘的湖面

那條危橋
因為太久無人行走
而漸漸
變成了彩虹

在夢中
你可以在世上任何一個角落
想起那個不在的人
而那個不在的人
卻要在你想念她時
丟下自己的夢
隨時來到你身邊

她相信在夜晚決定的事
沒有看見清晨
就不能改變

這不會是最後一場雨

一早醒來你便擁有紙的聽覺
聽見有人在餡裡說話
討論雨的毛邊

一個人錯過自己最簡短的部分
這是他寫下的第一個句子
後來也出了一本詩集

在他從未去過的地方發行
屢獲好評

他上網查詢最近的一場雪
在他從未去過的地方
已整整下了一年
一年之前　他的視線
還不能沾水
有人站在窗外
模仿著雨
十指劇烈而
蠢動

因為這不會是最後一場雨
「一早醒來你便錯過自己的佳句」

喃喃

給二月

學會謙卑、腫脹與分裂
相信這個世界
有我不需要理解的一面
那一面的星光那一面
的蕨
一張臉收縮在二月，二月
漿果蜿蜒
巷子裡有剛開過花的疲倦

我已無法傾斜
無法像個冬天
冷冷地往水裡看
今天我不想面對自己
只想成為一隻蝴蝶
一隻吃水的蝴蝶

時間長出針來
數著日子的指尖開始有血
我摸過的地方
人外有人
影子是梨園

你知道的事

習慣透過一些舊物去想事情
如同霧透過你的窗子
察覺自己是另一個夜晚

一個人像風那樣
無地而自容的活著
每天因為這小小的羞恥之心
所以我醒來
一如有生之年因為
那小小的羞恥之心
我將不再

「而每次識破了甚麼，
原來也只是為了讓自己看得開」

我相信總有一天
我會在一個你沒有去過的地方
再度遇見你
這一次我會試著聆聽
且對你視而不見

就像那次失戀後
你摀住自己的耳朵大聲地說：
總有一天你會知道
其實這個世界並不壞
只是無法原諒

你又想起自己
那顆小小的心
還有被那扇小小的窗

框住的巨大的夜晚
一個人穿越自己的迷霧
走到我門前
從門縫底下遞進來的
被擅自拆封過的光

拋光

從光裡離開
像頭老去的鹿
如此按步
就斑

不會有更簡短的句子
讓每個錯字需要
替自己解釋

而我想寫下這一切
一盞空屋的燈
和它的自知之明

那年在森林裡迷路的人
如今已入木三分
他還在等待
那個不再模仿自己的人

直到有火
遇見了更亮的光

粗人

沒有比粗糙的人更渴望著愛了
他們喜歡消磨彼此
以自己的顏色咬住對方的光

粗糙的人身體裡總是充滿了粗糙的顏色
每磨去一層
他就更靠近自己的表面一點

沒有比粗糙的人更害怕遇見
另一個粗糙的人了
他知道那樣的愛太亮
滾動的人們看見他們
在原地哀傷

粗糙的人在臨走之前
把自己磨得好小
相信唯有這樣
才能在愛人的語言裡
盡量不發出聲響

粗糙的人
有這個世界上
最謹慎的愛

眼淚一直是快樂的
它懂得離開難過的人

189
/
191

好了

是的，你在另一種春天裡
而我正站在你的面前
這是我的世界
春天剛走
它輕輕擠出
我的眉心

一個淡淡的洞
揉揉眼睛
其實就只是顆可以點掉的痣
我走在河邊
踩著石頭裡的雨
在這樣的日子

把撕成一小一小塊的麵包
丟進
冒煙的湯裡
然後
然後吸一口氣

活著是場太久的躲貓貓
突然間
所有的人都不跟你
好了

你便不會明白
為何春天只剩下唇語
為何在另一個世界
我沒有你
那麼容易

停了

自從有了樹
那原本在天空的雨
成群結隊下來

現在輪到雨當鬼了
在樹與樹之間迷藏
某些雨發現彼此有像
某些雨覺得腳底很涼

伸手搖晃著雨
樹也想當鬼
為了抓住更多的雨

它不停地長出葉子
很小的葉子

你很遠以後才明白
這裡曾經
沿過海
天空游得好快
沒有雨來得及說有雨

停了

而樹一直等了很久才走開
那原來的地方
長出了另一種樹

牆

1

在門被形容出來以前
那堵牆靜靜地躺平
頭顱尖銳的釘子
他們排隊，把自己的想法種進牆裡
牆於是開始甜美
牆於是開始甜美了起來

2

那是之前的某個晚上
牆壁長出了不知名的果實
一個人在房裡吃著它
我想起許多尚未完成的事

一邊想一邊吐出嘴裡的籽
掉在地上，還來不及腐爛
就發出了新芽

3

對著那面牆講話
直到它長出釘子

這才曉得
釘子也是牆的一部分
一堵牆從來沒有內外之分
它不可能得到更多的痛苦
如果有
也僅僅是償還

4

天天我靠著牆睡眠
靠著牆覓食
和腿軟

難道我需要去更遠的地方
屈指一算
這個房間裡只剩下三面牆
還有一張早晚澆水
也長不大的床

5

朋友來拜訪我
可是門還沒有出現

我很想請他進來坐坐
他隔著牆對我說
這次他從很遠的地方帶來了一個禮物
：「一個可以讓你看見這個世界的禮物。」

我隔著他對牆說
請把它拿回去吧
我知道
那只是讓遠方變得模糊的
一扇窗

6

你走了以後
我的聽覺就開始漸漸收縮
地上長出淺色的木耳
我不知道下一個要離開我的會是甚麼
我想念小時候在你懷裡的濕度
我想念在這個房裡說過的話
自己越來越狹長的臉
想念你走的那天

有風
從牆裡來

經過一段時間

每個人都在散播
他所愛的人

有人說他尋找自己
已有多年
當時有人教他
如何吞下
生命裡第一顆鈴鐺

當然還有
在我面前
他又吞了另一顆鈴鐺
他想要為我示範
被愛的原因

我想起自己在船上愛過的女生
她的頭髮垂在水面
沒有影子的魚

他還是找不到自己
他想了想
示意我轉身
緩緩吞下一顆鈴鐺

緩緩，還有浮光
水面上蕩漾的聲音
一顆鈴鐺
直直掉進身體裡

不需要聲音
它開始合攏。

如今你身體裡充滿了沒有響過的鈴鐺
你不再渴望聲音
至少
你不再渴
我凝視著你
吞下了一口口水
你背對著我
徹底地微笑

白天經過一段時間的靜置
餐桌上已留下了擦不掉的光
你還是不太相信
那些沒有種子的食物
「接下來呢？」

搖晃，我說
像多年前那樣
為我搖晃。

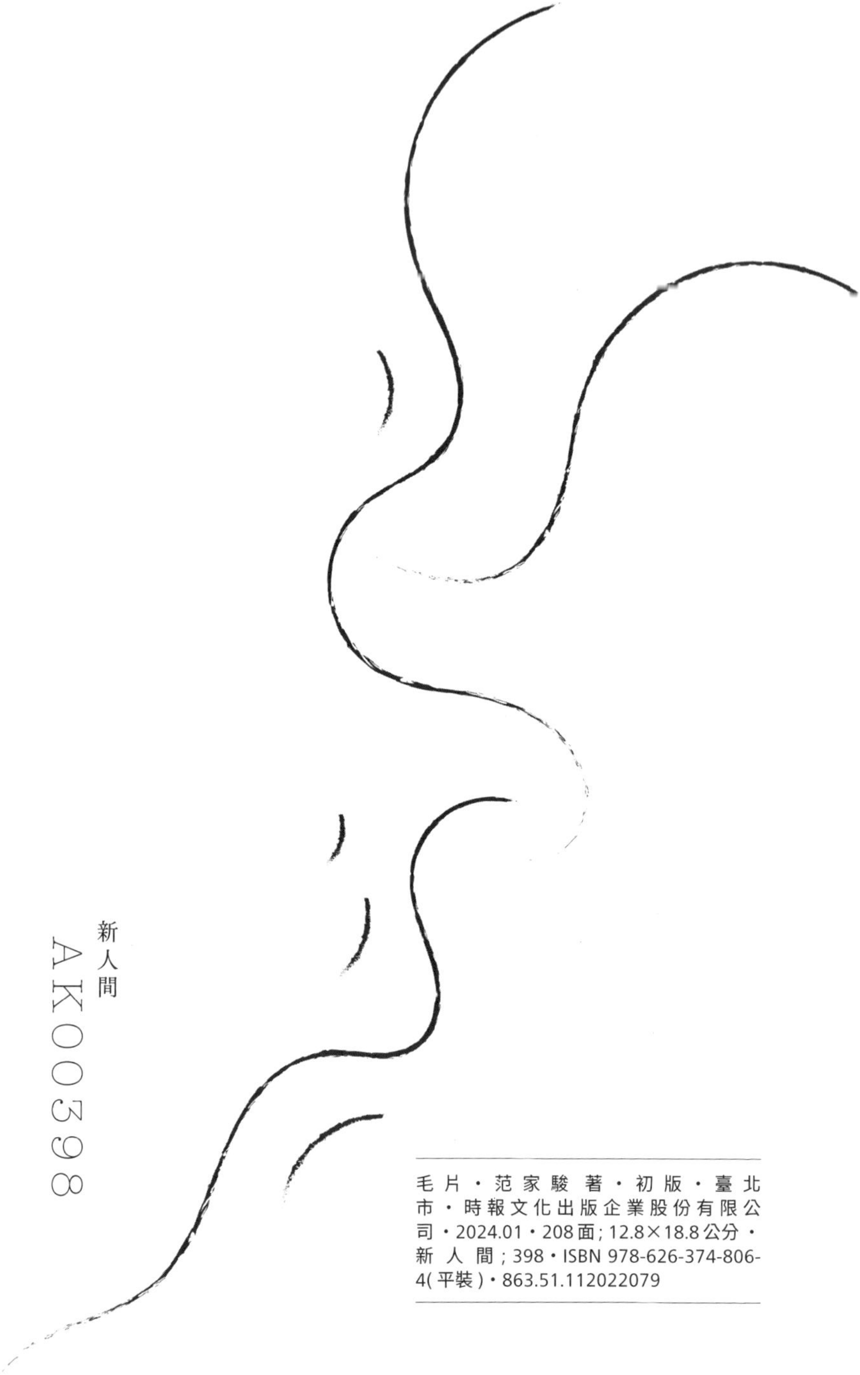

新人間

AK00398

毛片・范家駿 著・初版・臺北市・時報文化出版企業股份有限公司・2024.01・208面; 12.8×18.8公分・新人間; 398・ISBN 978-626-374-806-4(平裝)・863.51.112022079

作者——范家駿
編輯——王育涵
企劃——林欣梅
美術設計——吳郁嫻
總編輯——胡金倫
董事長——趙政岷
出版者——時報文化出版企業股份有限公司
108019 臺北市和平西路三段 240 號 7 樓
發行專線 ✧ 02-2306-6842
讀者服務專線 ✧ 0800-231-705 ✧ 02-2304-7103
讀者服務傳真 ✧ 02-2302-7844
郵撥 ✧ 1934-4724 時報文化出版公司
信箱 ✧ 10899 臺北華江郵政第 99 號信箱
時報悅讀網——www.readingtimes.com.tw
人文科學線臉書——https://www.facebook.com/humanities.science
法律顧問——理律法律事務所 ✧ 陳長文律師、李念祖律師
印刷——勁達印刷有限公司
初版一刷——二〇二四年一月十九日
定價——新臺幣三六〇元

本書榮獲第六屆周夢蝶詩獎

ISBN 978-626-374-806-4
Printed in Taiwan

時報文化出版公司成立於一九七五年，並於一九九九年股票上櫃公開發行，於二〇〇八年脫離中時集團非屬旺中，以「尊重智慧與創意的文化事業」為信念。